D1222240

Nota para los padres y encargados:

Los libros de *Read-it!* Readers son para niños que se inician en el maravilloso camino de la lectura. Estos hermosos libros fomentan la adquisición de destrezas de lectura y el amor a los libros.

El NIVEL MORADO presenta temas y objetos básicos con palabras de alta frecuencia y patrones de lenguaje sencillos.

El NIVEL ROJO presenta temas conocidos con palabras comunes y oraciones de patrones repetitivos.

El NIVEL AZUL presenta nuevas ideas con un vocabulario más amplio y una estructura gramatical más variada.

El NIVEL AMARILLO presenta ideas más elevadas, un vocabulario extenso y una amplia variedad en la estructura de las oraciones.

El NIVEL VERDE presenta ideas más complejas, un vocabulario más variado y estructuras del lenguaje más extensas.

El NIVEL ANARANJADO presenta una amplia de ideas y conceptos con vocabulario más elevado y estructuras gramaticales complejas.

Al leerle un libro a su pequeño, hágalo con calma y pause a menudo para hablar acerca de las ilustraciones. Pídale que pase las páginas y que señale los dibujos y las palabras conocidas. No olvide volverle a leer los cuentos o las partes de los cuentos que más le gusten.

No hay una forma correcta o incorrecta de compartir un libro con los niños. Saque el tiempo para leer con su niña o niño y transmítale así el legado de la lectura.

Adria F. Klein, Ph.D.
Profesora emérita, California State University
San Bernardino, California

Editor: Christianne Jones
Page Production: Joe Anderson
Creative Director: Keith Griffin
Editorial Director: Carol Jones
Managing Editor: Catherine Neitge
Editorial Consultant: Mary Lindeen
The illustrations in this book were done in watercolor.
Translation and page production: Spanish Educational Publishing, Ltd.
Spanish project management: Jennifer Gillis/Haw River Editorial

First Spanish language edition published in 2007
First American edition published in 2006
Picture Window Books
5115 Excelsior Boulevard
Suite 232
Minneapolis, MN 55416
877-845-8392
www.picturewindowbooks.com

Printed in the United States of America.

Library of Congress Cataloging-in-Publication Data
Williams, Jacklyn.
[Happy Thanksgiving, Gus! Spanish]
¡Feliz día de Gracias, Gus! / por Jacklyn Williams ; ilustrado por Doug Cushman ; traducción, Patricia Abello.
p. cm. — (Read-it! readers en español)
Summary: When Gus and Beto go to gather farm vegetables for Thanksgiving, Beto brings his camera along so that he can finish a homework assignment.
ISBN-13: 978-1-4048-2690-8 (hardcover)
ISBN-10: 1-4048-2690-4 (hardcover)
[1. Thanksgiving Day—Fiction. 2. Turkeys—Fiction. 3. Farms—Fiction. 4. Hedgehogs—Fiction. 5. Spanish language materials.] I. Cushman, Doug, ill. II. Abello, Patricia.
III. Title. IV. Series.

PZ73.W5663 2006
[E]—dc22 2006008345

¡Feliz día de Gracias, Gus!

por Jacklyn Williams
ilustrado por Doug Cushman
Traducción: Patricia Abello

Con agradecimientos especiales a nuestras asesoras:

Adria F. Klein, Ph.D.
Profesora emérita, California State University
San Bernardino, California

Susan Kesselring, M.A.
Alfabetizadora
Rosemount-Apple Valley-Eagan (Minnesota) School District

¡A
leer
se dijo!

La Sra. Martínez entró al salón de clases. Prendió y apagó las luces. Quería captar la atención de los estudiantes.

—Como saben, la semana entrante es el día de Gracias —dijo—. Quiero que traigan una foto de lo que MÁS agradecen este año.

Cuando sonó la campana, los estudiantes salieron del salón. —No olviden traer sus fotos el lunes —dijo la Sra. Martínez.

Gus gruñó. —¿Cómo podré elegir una foto para el lunes? —le preguntó a Beto.

Gus y Beto se montaron al autobús.

—Si hago una lista de todas las cosas que agradezco, será interminable —dijo Gus—. ¡No puedo elegir una sola!

—Tienes que hacerlo —dijo Beto.

—Tal vez traiga una foto de mi mamá
o una foto de tú y yo —dijo Gus.

El autobús se detuvo. Gus y Beto se bajaron.

—No olvides que mañana iremos con mi mamá a la granja —dijo Gus—. Recogeremos verduras para la cena de Gracias.

—No lo olvidaré —dijo Beto—.

¡Hasta mañana!

A la mañana siguiente, Beto se presentó en la casa de Gus.

—¿Por qué trajiste tu cámara? —preguntó Gus.

—Por si veo algo que agradezco —dijo Beto—. Así podré tomar una foto.

—Buena idea —dijo Gus.

Los chicos se acomodaron en la parte de atrás del auto.

—¿Listos? —preguntó la mamá de Gus.

—¡Listos! —dijeron los chicos.

—Entonces, vámonos —dijo la mamá.

Al mediodía entraron a la granja de Gabo. Por todos lados había algo para recoger: verduras en la huerta, calabazas en el solar, manzanas en el huerto frutal.

—¡Manos a la obra! —exclamó Gus.

—Un momento —dijo Gabo el Granjero—. Antes de que comiencen, debo advertirles algo. Tengan cuidado con el señor P.

Gus y Beto se quedaron helados.

—¿Quién es el señor P? —preguntaron.

—El señor P es el pavo más grande y malo que ha existido —dijo Gabo el Granjero.

Un pavo ENORME pasó pavoneándose.

—Allá va el señor P —dijo Gabo el Granjero—. Tengan cuidado. Al señor P no le gusta nadie, sobre todo si es alguien más grande y malo que él.

—Qué bueno que Billy no esté por aquí —dijo Gus.

En ese momento, se abrió el granero y salió Billy. —Pero miren quién está aquí —dijo.

—¿Qué haces aquí? —preguntó Gus.

—Gabo el Granjero es mi abuelo —dijo Billy—. ¿Qué hacen ustedes dos aquí?

—Vinimos a recoger verduras para la cena de Gracias —dijo Gus.

—Yo los ayudaré —dijo Billy con una sonrisa.

—No sé si esa ayuda nos va a ayudar —murmuró Beto.

Gus y Beto caminaron por las largas hileras de verduras. Fueron llenando sus cestos.

—Mira —dijo Gus—. Un espantapájaros.

Los chicos se acercaron al espantapájaros.

—¡Te atrapé! —exclamó el espantapájaros. Gus se asustó tanto, que lanzó su cesto al aire. Todas las verduras cayeron a los pies del señor P. Éste sonrió y comenzó a picotear.

—Muy gracioso, Billy —dijo Gus.

—Vamos —dijo Beto—. Busquemos una calabaza.

—¡Mira ésa! —exclamó Gus. Señaló una calabaza enorme que estaba en una colina. Arrastraron la carretilla hasta la cima y pusieron la calabaza encima. Las ruedas de la carretilla se hundieron en la tierra.

—¿Y ahora qué hacemos? —preguntó Beto.

—Déjenme ayudarlos —dijo Billy. Le dio un empujón a la carretilla. La calabaza dio botes. Al llegar abajo, se reventó.

—Vamos al huerto de manzanas —dijo Beto—. Así nos libraremos de Billy.

Gus y Beto terminaron de llenar su cesto con manzanas rojas y brillantes.

—¡ATRÁPALA, Gus! —gritó Billy, lanzándole una manzana. Gus saltó para agarrarla.

¡SPLASH! Gus aterrizó en un cubo de agua. El agua saltó y formó un charco al lado del señor P. Éste sonrió y se puso a beber el agua.

Gus y Beto volvieron al granero a buscar a la mamá de Gus. Pero encontraron a Billy.

—¿Quieren saltar sobre el heno? —preguntó Billy con una sonrisa. Billy había puesto el heno encima de un charco.

—Bueno —dijo Gus y echó a correr hacia la pila de heno.

—¡Espera! —gritó Beto.

El señor P gritó: —¡GUGLE, GUGLE, GUGLE!
Billy se cayó al charco. El señor P miró a Gus.

Entonces Gus supo qué agradecía más
ese año.

Gus posó junto a su nuevo amigo.

—Sonrían —dijo Beto.

Cuando se alejaban en el auto, Gus miró por la ventana. Gabo el Granjero se despedía con la mano. A su lado estaba el señor P moviendo el pico como si sonriera.

La mañana del lunes no tardó en llegar.
Gus esperaba su turno.

La Sra. Martínez por fin dijo:
—Es tu turno, Gus.

Gus tenía la foto contra el pecho y caminó al frente del salón.

—Doy gracias por muchas cosas —dijo—. Doy gracias por mi mamá y por mi mejor amigo, Beto. Pero ahora mismo doy MÁS gracias por mi nuevo amigo, el señor P.

Más *Read-it!* Readers

Con ilustraciones vívidas y cuentos divertidos da gusto practicar la lectura. Busca más libros a tu nivel.

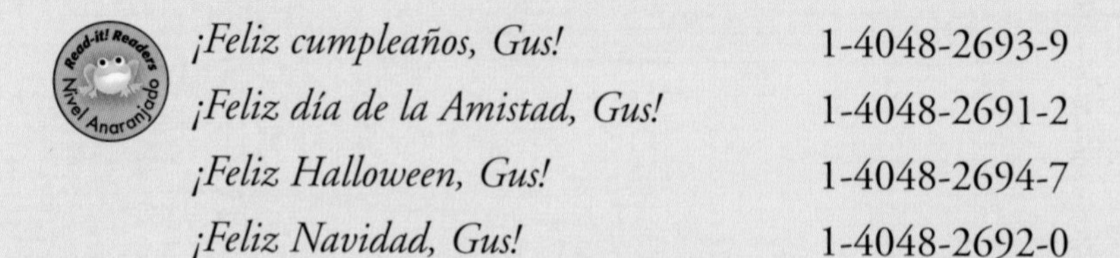

¡Feliz cumpleaños, Gus!	1-4048-2693-9
¡Feliz día de la Amistad, Gus!	1-4048-2691-2
¡Feliz Halloween, Gus!	1-4048-2694-7
¡Feliz Navidad, Gus!	1-4048-2692-0

¿Buscas un título o un nivel específico? La lista completa de *Read-it!* Readers está en nuestro Web site:
www.picturewindowbooks.com